AF177558

10 Krimi - Kurzgeschichten fürs Bett

Ohne Krimi geh' ich nie ins Bett

10 Kurzgeschichten fürs Bett

Ohne Krimi geh ich nie ins Bett

Irmgard Hetterich

Bibliografische Information der Deutschen Nationalbibliothek
Die Deutsche Nationalbibliothek verzeichnet diese Publikation in der Deutschen Nationalbibliografie; detaillierte bibliografische Daten sind im Internet über http://dnb.d-nb.de abrufbar.

Herstellung und Verlag:
Books on Demand GmbH,
Norderstedt

ISBN: 978-3-8423-7907-7

Vorwort

Klein aber fein. Wenn man mal wenig Zeit hat und schnell was lesen will, sind diese Kurzgeschichten Ideal. Ich habe oft an Funk Uhr Krimis geschickt und einige sind übernommen worden. Wer diese aus der Zeitschrift kennt, hat eine Vorahnung.

Also wenn man vor dem Schlafen gehen noch eine kurze Geschichte braucht oder im Zug auf einer kurzen Reise, diese Geschichten sind schnell gelesen.

„Ohne Krimi gehe ich nie ins Bett" sagen manche Leser. Ich wünsche allen viel Spaß dabei.

Inhalt

Rendezvous 11

Das Testament 15

Der tödliche Lottogewinn 21

Die Lampe 25

Ein Dieb 29

Die Erbin...33

Ich bin unschuldig 37

Ich vertraute Ihm 41

Versicherungsbetrug erste Klasse 45

Die Helden des Tages 49

Rendezvous

Die Zeit vergeht sehr langsam, wenn man auf jemanden wartet. Maria schaut mal wieder ungeduldig auf ihre Uhr und seufzt. Vielleicht hätte sie doch nicht auf die Zeitungsannonce antworten sollen...

Schon seit ein paar Wochen liest sie regelmäßig die Chiffre- Anzeigen in der Spalte „Kontakte", obwohl sie es nicht nötig hätte. Aber sie ist oft sehr einsam und will mal etwas erleben.

Eine Anzeige in der letzten Ausgabe klang besonders nett und sympathisch. Maria verabredete sich mit dem unbekannten Mann für heute Abend. Um Punkt neun Uhr beim Eingang eines Restaurants.

Bis jetzt wartet sie vergeblich. Ist er einfach an ihr vorbeigelaufen, weil sie ihm nicht gefällt? Oder hat er kalte Füße bekommen und traut sich nicht mehr zum Rendezvous?

Maria schaut sich ängstlich um. Hauptsache, das alles bleibt ihr Geheimnis. Niemand darf sie hier sehen oder etwas davon erfahren.

„Jetzt reicht es!" denkt sie schließlich, wirft ihre Umhängetasche über die Schulter und geht los. Bis zur Bushaltestelle braucht sie immerhin eine gute Viertelstunde zu Fuß – und das in der Dunkelheit der einsamen Straße! Die Beleuchtung ist nur spärlich, und auch der Mond will sich heute nicht von seiner schönsten Seite zeigen.

Plötzlich hört sie Schritte. Maria hält den Atem an und lauscht. Ja, da sind sie wieder. Deutlich kann sie die Schritte in der Stille der Nacht hören. Folgt ihr jemand?

Maria wagt nicht, sich umzudrehen. Während die Angst in ihr hochkriecht, geht sie immer schneller. Natürlich ist niemand in der Nähe. Kein Spaziergänger, kein Auto. Und zu ihrer Rechten gibt es nur einen stockfinsteren Park!

Ihre Phantasie spielt ihr sämtliche Überfalle vor, und sie stellt sich schon die Meldung in der Zeitung vor: „Frau nachts auf der Straße überfallen".

Vor Angst kann sie kaum noch atmen. Sie fängt an zu laufen, doch auch die Schritte ihres Verfolgers werden schneller. Sie keucht, alles dreht sich um sie herum. Sie ist schon einer Ohnmacht nahe, als jemand ihren Namen ruft. „Maria! Bleiben Sie doch stehen!" Sie dreht sich um. Vor ihr steht ein dunkelblonder Mann.

"Tut mir leid, wenn ich Sie erschreckt habe, Maria", sagt er lächelnd, „ aber ich war zu spät dran. Ich sah nur noch, wie jemand gerade wegging. Nach Ihrer Beschreibung mussten Sie es sein, und ich wollte Sie doch noch erreichen."

Maria schliesst erleichtert die Augen. Jetzt, wo Angst und Anstrengung vorbei sind, wird ihr plötzlich ganz leicht. Sie stöhnt leise auf – und fällt in Ohnmacht.

Der Fremde versucht noch, sie aufzufangen, stürzt dabei selbst mit zu Boden.

Das Bild bietet einen trügerischen Anblick. Kein Wunder, dass die gerade vorbeifahrende Polizeistreife sofort anhält.

Zwei Polizisten eilen der scheinbar überwältigten Frau zu Hilfe. Während der eine versucht, sie „wiederzubeleben", verlangt der zweite die Papiere des Mannes.

„Die Sache ist nicht so, wie es vielleicht aussieht!" versucht der zu erklären. „ Ich habe ein Rendezvous mit der Dame, und sie ist plötzlich in Ohnmacht gefallen".

„Ein Rendezvous?" Der Polizist dreht sich um. Die Frau kommt gerade wieder zu sich und streicht ihre Haare aus dem Gesicht.

„Ein Rendezvous", stottert der Polizist kreidebleich, „mit... mit... meiner Frau!?"

Das Testament

Eigentlich sollte man nicht lauschen, aber Margot hatte nun mal diese schlechte Angewohnheit. Sie wollte sich gerade etwas aus der Küche holen, als sie ihre Tante am Apparat hörte.

„Dr. Kupfernicker, vielen Dank für den schnellen Termin. Ich habe mich entschlossen mein Testament zu ändern. Mein Arzt verriet mir, dass meine Krankheit nicht aufzuhalten ist. Morgen früh werde ich zu Ihnen um 10:00 Uhr kommen."

Margot war entsetzt. Wollte die Tante sie jetzt kurz vor ihrem Tod enterben? Sie war doch die einzige Verwandte. Was hatte sie nur falsch gemacht? War sie nicht immer eine brave, süße Nichte gewesen? Hat sie nicht immer, mit den Millionen im Hinterkopf, alle Wünsche ihrer Tante erfüllt?

Und jetzt will sie ihr Testament ändern? Das kann doch nicht wahr sein. Wem könnte sie sonst noch das viele Geld vermachen? Margot war jahrelang wie eine Tochter für sie, seitdem ihre Eltern bei einem Verkehrsunfall ums Leben gekommen waren.

Eine schreckliche Erfahrung für alle. Besonders für die Polizei, weil sie damals an einen Mordanschlag glaubte. Nur konnte nirgendwo ein Motiv oder Täter ermittelt werden. Zum Glück wurde die Tochter noch in letzter Minute gehindert, mit zum Konzert zu fahren. Sie verletzte sich bei einem Sturz im Treppenhaus, dass sie danach vor lauter Schmerzen nicht mitfahren konnte.

Die Tochter hatte man natürlich nie in Verdacht. Sie spielte die Rolle der leidenden Hinterbliebenen perfekt. Wer konnte damals ahnen, welchen Hass sich in ihrem Innerst gegen ihre Eltern aufgebaut hat, weil sie ihr immer alles verbieten wollten. Sie war eben geschickt mit Autos und ihre Funktionen und Einzelteilen. Diese Kenntnisse würde sie heute Abend noch mal brauchen. Es musste auf jeden Fall verhindert werden, dass die Tante morgen beim Notar ankommt um sie zu enterben.

Obwohl sie sich eigentlich keinen Grund vorstellen konnte. In den letzten Jahren waren die Liebe und das Vertrauen zwischen den beiden gewachsen. Sie war sich sicher, als Alleinerbe im Testament eingetragen zu sein. Nach dem Tod ihrer Eltern hatte es die Tante auch so arrangiert.

Gleich nach der Beerdigung war sie damals zum Notar gegangen, da die zwei Haupterben tot waren. Da blieb nur noch ihre Nichte übrig.

Am nächsten Tag hatte Margot auf einmal schrecklichen Durchfall. Sie konnte auf keinen Fall mit in die Stadt fahren. Was wäre, wenn sie es im Auto oder in der Stadtmitte nicht mehr aushielte und nicht schnell genug eine Toilette fände? War alles gelogen, aber sie musste sicher sein, dass die Tante alleine mit dem Auto in die Stadt fuhr. Da sie auf einem Berg wohnten, musste sie ihn auch hinunter fahren. Wenn da die Bremsen da mal versagen, dann Gute Nacht.

„Auf Wiedersehen", winkte sie noch ihrer Tante lächelnd zu. Es geschieht ihr recht, dachte sie. Außerdem wird sie sowieso bald abkratzen. Jetzt konnte sie nur noch an eins denken. Was wird sie mit dem vielen Geld alles anfangen? Bald wird sie 18 Jahre alt und als erstes würde sie sich ein tolles Auto kaufen. Eine Weltreise könnte sie sich bestimmt auch leisten. Sie wäre endlich frei, dass zu tun, was sie wollte.

Wie sie es hasste, immer Befehle zu befolgen. Immer existierte die Angst in ihr, dass die

Tante eines Tages sie nicht mehr mögen würde und sie enterbt. Ein Glück, dass sie zufällig das Telefongespräch mitbekommen hatte, sonst wären ihre schlimmsten Ängste doch noch wahr geworden.

Aber jetzt wird alles gut werden. Nie mehr brauchte sie das nette Mädchen zu spielen. Diese ganze falsche Fassade, die sie ihrer Tante aufgetischt hatte, war vorbei. So glücklich war sie noch nie in ihrem Leben. Die Vorstellung endlich frei zu sein erleichterte ihr schlechtes Gewissen. Trotzig verflucht sie noch ihr Tageshoroskop. Man darf nicht immer alles glauben, was diese über einen schreiben. Diese Horoskopen wollen einen nur nervös machen. Besser könnte es ihr gar nicht gehen.

Als das Telefon klingelte, ahnte sie wer es sein könnte. Aber es war nicht einmal die Polizei sondern der Anwalt. Er meinte, er würde sich etwas verspäten und hoffte die Frau Hummel noch zu erreichen. „Es tut mir leid", sagte Margot am Telefon, „sie ist gerade fort gefahren". Innerlich lachte sie über ihre Geschicklichkeit.

„Na, dann muss sie halt noch etwas warten. Ich dachte, sie wollte dich mitbringen, so dass du gleich die gute Nachricht bei mir erfahren würdest".

„Ich fühle mich nicht wohl", antwortete Margot. „Aber welche gute Nachricht meinen Sie denn"?

„Ich glaube ich kann es dir verraten, da es schon bald besiegelt wird. Deine Tante hat dich ins Herz geschlossen und möchte dich heute als Alleinerbin in ihr Testament eintragen."

Ganz geschockt und mit offenem Munde erwidert Margot, „Bin ich es nicht schon?"

„Nein, damals wollte deine Tante erst abwarten, ob du es dir auch verdienst. Sie hat das Testament zugunsten einer Stiftung geschrieben. Aber ab heute wird alles dir gehören. Was sagst du dazu?"

Er bekam aber keine Antwort. Der Hörer baumelte an der Schnur und Margot rannte schnell hinaus, aber........................

Der tödliche Lottogewinn

Lottofieber war wieder angesagt wegen der hohen Gewinnsumme. Über 20 Millionen Euro! Da gehen viele Wünsche in Erfüllung.

Frau Renate Wagner konnte es kaum fassen und gar nicht glauben! Sie hatte tatsächlich sechs Richtige mit Superzahl!

Dies konnte sie nicht geheim halten. Vor Freude rief sie alle ihrer Verwandten an und erzählte von ihrem Lottogewinn. Das sie dann diese Millionen noch mit einer anderen Person teilen musste war keine große Enttäuschung. Schließlich blieben ihr noch 10 Millionen.

Am meisten freute sich ihr Enkel Thomas. Er suchte schon ewig Arbeit und konnte ab und zu von seiner Oma etwas Geld kassieren. Wenn auch manchmal heimlich, ohne ihr Wissen. "Na Oma", schmeichelte er sich freundlich bei ihr ein, "jetzt wo du die Millionen hast, könntest mir etwas davon schenken."

"Du bist und bleibst ein Taugenichts", schimpfte Renate, "und ich werde dir keinen Pfennig davon geben."

"Wofür brauchst du überhaupt so viel Geld? Du bist schon über 60 Jahre alt und kannst bestimmt nicht alles vor deinem Tod ausgeben."

"Wer weiß", erwiderte Renate. "Aber wenn nach meinem Tod noch etwas übrig bleibt, bekommst du sicher auch deinen Erbanteil. Ich war schon beim Notar und habe alles im Testament geregelt.".............

Thomas konnte die ganze Nacht kein Auge zu machen. Seine Gedanken kreisten nur um diese Millionen, die eines Tages ihm gehören würden. Und wenn die Oma mit dem Tempo weitermachte und für so vieles und so schnell Geld ausgab: ein neues Haus, Auto, Yacht, Weltreise... Bald wird da nicht mehr viel übrig bleiben von seinem Erbteil. Am besten wäre, wenn sie nicht mehr so lange am Leben bleiben würde. Er müsste da etwas nachhelfen. Bevor er endlich einschlafen konnte hatte er schon einen tollen Plan.

Etliche Wochen vergingen und er wartete die beste Gelegenheit ab seinen Plan durchzusetzen. Er wusste, dass sie gerne an manchen Wochenenden auf ihrer teuren neuen Yacht alleine übernachtete. Schon bevor sie kam, schlich er sich an Bord und versteckte sich gut. Nachts als sie fest schlief, löste er die Leine und paddelte weg vom Hafen. Das war sehr anstrengend, denn das Boot war ziemlich groß. Es würde wie ein Unfall aussehen.

Die Yacht war vom Ufer abgetrieben und hatte irgendwie Feuer gefangen, würde es morgen früh heißen. Alles lief perfekt. Niemand hatte einen Grund Thomas zu verdächtigen.

Die Verwandten trafen sich beim Notar und meinten alle, wie tragisch der Tod ihrer Mutter, Patin, Tante und Oma war. "Hätte sie nicht im Lotto gewonnen", weinte ihre Tochter, "wäre sie heute noch am Leben. Dann wäre dieser Unfall gar nicht passiert, weil sie nicht für diese blöde Yacht das Geld gehabt hätte". Renate war wirklich bei der ganzen Familie beliebt, wenn auch alle etwas neidisch waren, da sie nichts von ihrer Millionen abgeben wollte. Im Hinterkopf hatten sie aber alle ihre mögliche Erbschaft im Sinn.Wenn es um Geld geht, ist die Trauer schnell vergessen.

Alle staunten und einige waren einem Schock nah, als plötzlich die Oma Renate mit der Polizei beim Notar auftauchte. Am größten waren die Augen von Thomas, der sich nicht vorstellen konnte, dass seine Oma nicht mit dem Boot untergegangen war. Mit großen Augen und weit geöffnetem Mund schrie er: "Oma, du lebst! Wer war dann auf der Yacht, als ich das Feuer legte? Ahh, ups, ich meine...", sein Gesicht wurde schnell rot, die Schultern sackten zusammen.

Zu spät. Die Polizei hatte sein Geständnis gehört und nahm Thomas gleich wegen Mord an einer Unbekannten fest, die zufällig an diesem Abend in die Yacht eingedrungen war und bis jetzt noch nicht identifiziert werden konnte.

Die Lampe

Manfred jammert leise wegen der neuen Lampe seiner Frau. „Jetzt hab ich nur Arbeit damit", ärgert er sich, weil er jetzt seine große Bohrmaschine aus dem Keller holen muss.

Die alte war kleiner und leichter. „Wie kann man sich so eine teure schwere Lampe kaufen?" murmelt er vor sich hin.

Während der Montage träumt er davon, was da alles passieren könnte, wenn sie nicht fest genug angeschraubt wird. Seine Vorstellungskraft funktioniert bestens, und schon erscheint ein kleines Lächeln in sein Gesicht. Ja, diesen Angstausdruck seiner Frau, wenn ihr so eine schwere Lampe beim Fernsehen in ihrem Lieblingssessel auf den Kopf fällt, wäre unbezahlbar. So langsam gefällt ihm sogar der Gedanke. Jahrelang hat sie sich kaum Zeit für ihn genommen, denn sie sitzt nur immer in diesem Fernsehsessel. Er fühlt sich einsam im eigenen Haus. Sie sprechen kaum noch miteinander.

Seitdem sie ihren eigenen Fernseher im ehemaligen Kinderzimmer hat, ist sie wie vom

Erdboden verschwunden. Er schaut seine Sendungen im Wohnzimmer immer alleine an.

Wozu braucht er eine Frau, wenn er sowieso alles selber machen muss? Einkaufen, kochen, spülen, Fensterputzen und Hausputzen. „Genau", denkt er sich, "wozu brauche ich da noch eine Frau. Ich mache doch eh schon alles selber." Er könnte doch einfach die Lampe etwas lockerer hängen lassen, und.... Dann würde sie, nach dem Gesetz der Anziehungskraft der Erde, irgendwann herunterfallen. Und, da sie sowieso dauernd da sitzt, trifft es sie bestimmt. Da könnte keiner irgendwelche Mordabsichten nachprüfen. Er spielt danach einfach den leidenden Witwer.

Genau. Fertig. „Maria, deine Lampe ist oben. Kannst jetzt den Dreck wegsaugen", schreit er durchs Haus, genau so, wie er sie immer anbrüllt. Das ist sie schon gewöhnt. „Was", sagt sie. „Wieso soll ich den Dreck wegsaugen. Den hast doch du gemacht. Also musst du ihn auch wegmachen."

„Ich hab jetzt die Lampe aufgehängt. Das war gar nicht so einfach. Musstest du unbedingt eine so schwere Lampe kaufen?" Heimlich grinst er bei dem Gedanken, bald seine Frau los zu haben und geht raus, um die Bohrmaschine aufzuräumen.

Als er zurück kommt sieht er, dass der Sessel nicht mehr unter der Lampe steht. „Sie hat ihn wohl beim Staubsaugen weg geschoben", denkt er sich. "Aber der muss wieder dahin wo er war!"

Vor lauter Eifer und Vorfreude merkt er nicht, dass er beim Ziehen des Sessels selbst unter der Lampe steht. Plötzlich löst sich das Geschoss und fliegt geradewegs hinunter auf seinen vorgebeugten Kopf. Der Schlag ist nicht zu überhören und schon rennt seine Frau herein. Total erschreckt und vom Anblick des vielen Blutes geschockt schreit sie: "Um Himmels Willen. Was ist denn da passiert?"

Es gibt kein Lebenszeichen mehr von ihrem Mann. Den Anblick kann sie nicht mehr ertragen und sie rennt zum Telefon und ruft den Notarzt. Auch die Polizei wird dazu gerufen um den Unglücksfall zu untersuchen.
„Mein Gott", denkt Maria aufgeregt. „Meine schöne Lampe, mein neuer Teppich voll Blut! Mein armer Mann!" Doch dann kommt ihr der Gedanke, dass sie jetzt gar keinen separaten Fernsehraum mehr benötigt, da ihr Alter tot

ist. Eigentlich hat sie jetzt endlich ihre Ruhe von diesem Schreihals. Was hätte ihr besseres passieren können? Sie setzt sich ins Wohnzimmer auf seinem Platz und schaltet ihre Lieblingssendung ein.

Ein Dieb

Martha schläft nicht mehr so fest und kann ein Geräusch wahrnehmen. Ohne die Augen zu öffnen horcht sie. Sie hört langsame Schritte im Schlafzimmer hin und her laufen. Ihr erster Gedanke ist:"Ein Dieb"!

Die Angst steigt gewaltig in ihrem Inneren, ihr Körper fängt an zu zittern.

Sie drückt ihre Augen fest zu. Wieso schaut sie auch so oft diese Sendungen, in denen gezeigt wird, wie die Diebe in einem Haus einbrechen und alles ausrauben?

Was tun? Sie traut sich nicht die Augen zu öffnen, denn sie weiß, Diebe werden sehr aggressiv wenn man sie entdeckt. Das kennt sie aus dem Fernseher und den Nachrichten.

Meistens schlagen sie aus Angst zu, wenn sie erwischt werden. Das Beste wird sein, sie tut einfach so, als ob sie schläft. Sie hofft, dass ihr Mann nicht aufwacht, um den Dieb nicht zu erschrecken. Wer weiß, wozu er fähig ist? Vielleicht hat er eine Waffe dabei. Hin und her läuft er und jetzt steht er am anderen Nachtkastenschrank.

„Was will er neben dem Bett finden? Wir haben doch gar nichts Teures im Haus", überlegt sie sich. „ Wie kann er so leichtsinnig sein zu glauben, wir wachen nicht auf?"

Alles Mögliche geht durch ihren Kopf. „Was ist, wenn der Dieb auf meine Seite kommt? Was soll ich da tun?" Ihr Herz droht vor Angst zu zerplatzen.

Vielleicht soll sie sich aus dem Bett gleiten lassen und auf dem Boden hinterm Bett verstecken? Wieso hat sie keine Waffe in ihrem Nachtkästchen um sich zu verteidigen? Obwohl sie es sich nicht vorstellen kann, jetzt ein Messer zu ziehen um sich zu verteidigen. Dazu hat sie gar keinen Mut. Sie ist ein Feigling.

Und wenn er jetzt herüber läuft, kann sie weiter so tun als ob sie schläft oder bekommt sie einen Herzinfarkt? „Bumm, Bumm, Bumm", ganz schnell klappert ihr Herz.

Wieder hört sie Schritte. Ihr Mann neben ihr bekommt überhaupt nichts mit, und es ist gut so.

Sie überlegt sich, ob sie wieder mal die Garagentür aufgelassen hat. Bestimmt war er durch die Garage gekommen. Oder war ihr Sohn vom Zelten unerwartet eher nach Hause gekommen? Wieso sollte er aber im Schlafzimmer hin und her laufen?

"Schreck lasse nach! Mein Herz. Das kann doch nicht wahr sein", denkt sie.

Plötzlich ging das Licht an. Inzwischen ging es ihr überhaupt nicht gut. Schweißgebadet fühlte sie sich total schwindelig und ist einem Ohnmachtsanfall nahe.

Jetzt muss sie ihre Augen öffnen! Sie kann nicht mehr so tun, als ob sie schläft. Sie schaut zur Tür und wer steht da? Es ist gar kein Dieb!

Ihr Mann steht im Türrahmen und schaltet gleich wieder das Licht aus.

"Du bist es", sagt sie leise, "ich dachte da ist ein Dieb im Schlafzimmer".
"Ich konnte die Tür nicht gleich finden", erwidert ihr Mann und geht zur Toilette.

Die Erbin

Christa Bleckmann weiß nichts von ihrem Glück und so wird es auch bleiben. Peter entschließt sich die Erbin seines Großvaters "aus dem Weg" zu schaffen, bevor sie das Geld erhält.

Christa ahnte nicht, was alles auf sie zukommt als sie in der Zeitung die Todesanzeige mit dem Namen Johann Schmidt liest. Den kenne ich doch, überlegt sie. Er war einer der Singles, für den ich eine Freundin finden konnte. Er starb mit 85 Jahren.

Mit 84 rief er damals wegen der Anzeige des Singletreffs an, wollte aber persönlich nicht kommen. Er meinte: "Mit 84 bin ich schon so alt. Mein Enkel wohnt dreihundert Kilometer weit weg, und ich muss mich wohl daran gewöhnen, alleine zu sein." Sie hat ihn damals überredet, eine Frau im gleichen Alter anzurufen, die genau so alleine war wie er.

Es ging auch ein ganzes Jahr gut mit den beiden jungverliebten 84iger. Sie kochte gerne für ihn sonntags und bald sahen sie sich viel öfters als nur einmal die Woche. Vor Freude über sein neu gefundenes Glück vermachte der Greis sein ganzes Vermögen Christa. Es war nicht eine Million, aber eine beträchtliche Summe.

Leider entdeckte Peter im Haus seines Großvaters das Testament und wusste, dass eine Kopie beim Notar existierte. Er muss verhindern, dass diese Frau seinen Erbteil erhält. Schließlich war er der einzige Verwandte von Johann, da seine Eltern schon vor dem Opa gestorben sind. Hat er sich das Geld nicht durch seine aufopfernde Stunden beim Alten verdient? Na ja, vielleicht hätte er ihn öfters besuchen sollen.

Er findet die Adresse heraus und fährt hin, um sein Opfer zu erstechen. Das Küchenmesser schärfte er sehr sorgfältig. Am Haus klingelt er nervös und wartet eine Ewigkeit, bis endlich jemand kommt. Angstperlen fließen sein Gesicht herunter.

Als Christa die Tür aufmacht, weiß sie nichts von einer Erbschaft, ihrem zukünftigen Glück oder der Gefahr, die in diesem Moment auf sie lauert. Der junge Mann an der Tür gefällt ihr sofort und auch ihn hat der Pfeil der Liebe ins Herz getroffen. Es ist Liebe auf dem ersten Blick. Er sucht schon lange eine Freundin und sie denkt, er komme wegen ihrer Single-Treffs.

Sie fängt einfach an zu reden, erzählt von den Treffs alle vier Wochen und lädt ihn gleich zum nächsten Treff ein.

"Eine Frage hätte ich noch", meint Peter, der sich jetzt ganz entspannt fühlt und einfach von dem Zauber dieser Frau überrumpelt wird. "Sind Sie auch eine Single"?

Lächelnd schaute Christa liebevoll in seinen blauen Augen und antwortet: "Ja, ich suche einen netten Mann. Deswegen veranstalte ich diese Treffs. Aber wenn ich den richtigen gefunden habe, höre ich wieder auf." Ihr Herz pocht und sie traut sich etwas mutig zu sein. "Wenn Sie beim nächsten Treff kommen, könnte es vielleicht mein letzter werden. Verstehen Sie mich"?

Am liebsten hätte er sie gleich in den Arm genommen aber er hielt sich zurück. Für einen Mord wäre er sowieso nicht in der Lage gewesen. Wenn er es sich überlegt, könnte er durch eine Heirat mit ihr trotzdem noch zu seinem Erbe kommen. Er antwortet: "Nichts wird mich davon abhalten können. Auf Wiedersehen."

Ich bin unschuldig

Es klingelt an der Tür von Familie Engel. Zwei Polizisten stehen davor.

„Sind Sie Maria Engel?" fragt der eine, als Maria ihnen die Tür öffnet.

Maria ist nicht sicher was das alles sein soll, aber wenn die Polizei vor der Haustür steht, kann es kein gutes Zeichen sein.

„Ja", antwortet Maria, „Ist was passiert?"

„Sie sind wegen Mord verhaftet. Wir haben einen Zeugen."

„Wie, ein Mord? Wer ist denn umgebracht worden?" will sie erfahren. Das ist doch sicher so ein Spaßfilm aus dem Fernseher, wo sie immer versuchen die Leute zu verarschen. Sie hasste solche Sendungen, in dem die Leute getestet werden, wie viel Qual sie aushalten können bevor sie durchdrehen.

„Der Rechtsanwalt Walter Brehm wurde mit einem Messer getötet. Und seine Sekretärin hat Sie aus dem Büro laufen sehen. Sie hat uns sofort benachrichtigt. Und ein anderer Zeuge, ein Mandant, kam gerade als Sie das Haus verlassen haben und bestätigte die Aussage der Sekretärin".

„Nein, Walter ist tot!" Maria ist ganz entsetzt. Das kann doch nicht wahr sein. „Sie glauben, ich habe ihn umgebracht? Aber, er lebte noch als ich ihn verlassen habe. Das muss ein Missverständnis sein. Ich bin unschuldig", behauptet Maria.

Ihre Unschuldsbehauptungen nutzen nichts. Sie wird zum Verhör ins Präsidium gebracht. Für die Polizei ist es ein klarer Fall. Es hat Streit zwischen den Beiden gegeben; das hat die Sekretärin mitbekommen. Maria ist ihn auf die Nerven gegangen und ist bestimmt geistesgestört. Barbara Müller, die Sekretärin, ist schon jahrelang in der Kanzlei angestellt und hat einen Schlüssel fürs Büro.

Sie behauptet, als sie nach ihrer Mittagspause zurück kam, ist ihr Chef tot im Wartezimmer auf dem Boden gelegen. Ein Messer steckte in seinem Herz. Davor sah sie noch, wie Maria Engel das Haus verlassen hatte. Und kurz darauf kam noch Herr Mantel, ein Mandant, der auch Maria identifizieren kann.

Im Verhörraum gesteht Maria, dass sie Walter liebte und sie heimlich eine Affäre hatten. Wieso soll sie den Mann, den sie liebt, umbringen? Ihre Tränen fließen unaufhaltsam ihre Wangen herunter und ihre Augen werden klein und rot. „Ich bin unschuldig! Ich bin unschuldig!" wiederholt sie dauernd.

Der Kommissar denkt: „Entweder sagt sie die Wahrheit oder sie ist eine sehr gute Schauspielerin."

Am nächsten Tag klingelt die Polizei an der Haustür von Barbara Müller.

Sie ist sichtlich nervös und wiederholt was sie gestern mitbekommen hat und behauptet, es kann nur die Maria gewesen sein, die ihren Chef umgebracht hat. Schließlich war er noch am Leben als sie ihn zur Mittagspause verlassen hat.

Der Kommissar ist verärgert. „Glauben Sie wir sind dumm? Sehen Sie kein Fernsehen? Ich meine die Sendung CSI Miami oder wie sie alle heißen. In solchen Sendungen zeigt man, wie in den Labors alles Mögliche über den Täter herausgefunden wird. Besonders wenn er Fingerabdrücke auf der Tatwaffe hinterlässt."

Im Präsidium gibt Frau Müller alles zu. Sie kam eher von ihrer Mittagspause zurück. Sie glaubte ihre Augen nicht. Die beiden haben es auf dem Sofa getrieben! Dabei sagte er ihr immer, sie sei seine einzige Liebe. Als Maria ging, holte sie sich das Messer aus dem Aufenthaltsraum und stach, wie vom Teufel besessen, auf ihren Chef ein. Da hatte sie keinen Verstand mehr.

„Meine Fingerabdrücke waren auf der Mordwaffe?" wiederholt sie. „Mein Gott, da kam doch schon der Herr Mantel herein. Wer denkt da an Fingerabrücke wenn einen das Herz zerbricht"?

Ich vertraute Ihm

Er schaut aus dem Fenster zum gegenüberliegenden Haus, welches er früher gerne besuchte. Aber heute wird es kein angenehmer Besuch werden. Seine Pistole, die er vor ein paar Tagen illegal erworben hatte, steckt er in seine Tasche.

Die Dämmerung breitet sich über die Stadt und verkündet die baldige Finsternis. Eine Finsternis, wie diejenige, die schon längst die Seele von Markus Schulz bedeckt. Es sollte heute ein Freudentag für ihn werden. Sein silbernes Hochzeitsjubiläum. Er wollte diesen Tag groß feiern, auch sein Nachbar war dazu eingeladen. Dieser gemeine Teufel, der ihm sein Leben ruiniert hatte. Dabei hatte er ihm vertraut.

Nachdem die Freundin eines Tages einfach weggezogen war, fühlte sich der Nachbar Klaus sehr miserabel. Er litt an einer niederschmetternden Depression. Er ging kaum noch aus dem Haus und durch seine Wahnvorstellungen schien ihn nur noch ein Selbstmord als Lösung seiner Schmerzen.

Doch Markus und seine Frau Sylvia boten ihre Freundschaft und Hilfe an. Sie wurden gute Freunde und verbrachten viel Zeit miteinander. Anscheinend haben die zwei zu viel Zeit miteinander verbracht, denkt sich Markus, als er mehrere Gläser Alkohol hinunterschluckt.

Immer wieder muss er laut sagen, „Ich habe ihm vertraut", und trinkt wütend noch ein Glas Alkohol leer.

So ein Idiot. Ich spielte den Lebensretter, denn er wäre schon längst unter der Erde, wenn ich ihm meine Hilfe nicht angeboten hätte. Jetzt hat er mir meine Frau weggenommen.

Er stolpert durch seine Haustür, fest entschlossen, sich seine Frau wieder zurück zu holen. Mit Hilfe seiner Pistole wird er es schaffen. Wenn der Nachbar nicht mehr am Leben ist, wird sie wieder bei ihm bleiben, denn schließlich haben sie gemeinsam auch noch zwei Kinder.

Ziemlich besoffen wackelt er bis zur Straße. Wieder muss er verärgert daran denken, dass er ihm vertraut hatte. Nie wieder wird er einem Menschen im Leben vertrauen. Er hat eine bittere Lehre erfahren.

Unaufmerksam, von Hassgefühlen und Racheabsichten gesteuert, betritt er die Straße. Er hält seine Pistole fest in der Tasche seiner Jacke.

Wie von einem Blitz getroffen wird er plötzlich von einem Lastwagen überfahren, der gerade in dieser Sekunde daher rast.

Das Schicksal hatte wieder zugeschlagen und sich ein Leben geholt, das an der Reihe war. Manche Menschen wissen nicht was für ein Glück sie haben, dass sie noch leben.

Versicherungsbetrug erste Klasse

Er kommt sich lächerlich und komisch vor. Schließlich befindet man sich nicht täglich in solch einer Lage. Genau genommen eigentlich nur, wenn man schon tot ist. Und diesen Tod wollte Manfred vortäuschen, um an die große Lebensversicherungssumme zu gelangen.

Alles war genau ausgedacht und geplant. Die verschiedenen Fernsehfilme hatte er auch überdacht, als so ähnliche Täuschungen nie wie gewünscht ausgingen und meist mit der Aufdeckung des Schwindels oder dem Tod des Ehemannes endeten. Aber er konnte sich zu 100 Prozent auf seine Frau verlassen. Sie würde ihm nie schaden wollen. Sie liebt ihn wirklich. Davon ist er überzeugt.

Mit der Hilfe krimineller Beziehungen konnte er sich einen neuen Paß und eine neue Identität zulegen. Er wird nach einer Zeit der Trauer über den verstorbenen Mann einfach der neue Freund und zukünftige Ehemann seiner Frau werden. Sie ziehen einfach um zu einem Ort, an dem man sie nicht kennt. Alles war genausten geplant.

Zwar fühlte er sich im Sarg etwas unwohl, aber es war nur Show, falls jemand sich unbedingt davon überzeugen wollte, dass er wirklich tot sei.

Der Arzt hat auch genügend Geld für die Ausführung des Totenscheines über eine natürliche Todesursache, Herzversagen, bekommen. Jetzt muss er nur noch einige Stunden durchhalten, und bald wird er untertauchen.

Aber nicht unter der Erde; das wäre ja gelacht. Nein, einfach neu anfangen. Irgendwo. Wird schon nichts schief gehen.

Vertrauen ist gut, aber Kontrolle noch besser, lautet ein Spruch. Vielleicht hätte er sich irgendwie absichern sollen, um sicher zu gehen, dass auch alles so abläuft, wie er es sich vorgestellt hatte.

Der Sarg bewegte sich und war fest verschlossen. Dadurch, dass es eine besondere Anfertigung des Beerdigungsinstitutes war, bekam er genügend Luft. Aber er konnte sich nicht vorstellen, wieso der Sarg sich bewegte!

Zweifel und Angst überwältigen ihn zunehmend und er versucht durch lautes Rufen auf sich aufmerksam zu machen.

Aber niemand reagiert auf seine Rufe. "Hilfe!", schreit er immer zu. "Was ist hier los?" Er kann sich nicht vorstellen, was jetzt mit ihm passieren solle.

Was er nicht weiß und nie erfahren wird weil es langsam immer heißer wurde, ist: Seine Frau hatte sich in den Sohn des Besitzers des Beerdigungsinstituts verliebt, sich nach Freiheit gesehnt und genug von dem Geizhals von einem Ehemann gehabt. Als sie sich über das Krematorium informierte, war er leider nicht anwesend.

Die Helden des Tages

Thomas Winter liest wie immer beim Frühstück die Heidelberger Zeitung. Heute fühlt er sich glücklich, denn er hat endlich mal gut schlafen können. Er blättert durch die Seiten. Sein Interesse gilt besonders dem Artikel: "Die Helden des Tages".

Damit sind zwei Angestellte einer Bank in Edingen gemeint, die gestern Vormittag einen Überfall erlebt hatten. In der Zeitung steht etwas von einem dummen Bankräuber, der sich mit einigen Tausendern zufriedenstellen ließ, weil Herr Braun, der Bankleiter, eine blitzschnelle intelligente Idee hatte. Er überzeugte den Bankräuber, dass kurz vor seinem Erscheinen der Geldtransporter den Rest des Geldes zur Zentralbank in Heidelberg gebracht hatte.

Thomas schaut auf die Uhr, die gerade acht Mal läutet. Die Sonne strahlt durch die kleinen Fenster seiner Wohnung im ersten Stock. Er schlürft genüsslich seinen Kaffee. "Helden des Tages", flüstert er ein paarmal. Ja, es gibt wohl noch Helden, die ihr Leben aufs Spiel setzen für etwas, dass ihnen nicht mal gehört. Denn laut Zeitungsartikel war der Bankräuber bewaffnet und hätte, wenn er wollte, alle zwei Bankangestellten erschießen können. „Wie man in solch einer Angstsituation noch einen klaren Kopf behalten und dazu noch eine intelligente Idee ausdenken kann?" fragt er sich.

Der Mitarbeiter, Herr Wacker, war dagegen, laut Zeitungsbericht, ziemlich geschockt. Er musste von einem Arzt versorgt werden, da er im Angesicht des Todes vor lauter Angst in einen Schockzustand versetzt wurde. "Das ist eine natürliche menschliche Reaktion. Wenn mir jemand mit einer Pistole gegenüber stehen würde, hätte ich auch Angst. Ich würde keinen Widerstand leisten und einfach das verdammte Geld ausrücken." Thomas kann sich so eine Situation gut vorstellen.

Während er noch einen Schluck Kaffee trinkt, liest er etwas Schockierendes, so dass er sich verschluckt und erst mal richtig husten muss. "Was steht da? In Wirklichkeit hatte die Bank eine halbe Million im Tresor!" Er muss die Zeilen noch mal lesen. Tatsächlich. Das muss ein dummer Bankräuber gewesen sein, wenn er eine halbe Million Euro im Tresor liegen und sich mit einigen Tausenden abwimmeln lässt. Die lachen doch sicher alle über diesen unglückseligen Idiot, der laut Polizei unerkannt und ohne Spur verschwunden ist.

"Na, dann kann der Bankräuber doch nicht so dumm gewesen sein. Schließlich ist er ihnen entkommen und sie haben keinerlei Spur." Thomas schaut wieder auf die Uhr. Zehn nach acht. Er hat es nicht eilig. Wegen der Finanzkrise hat er seinen Job verloren. Er ist Single, hat keine Kinder und war noch nie verheiratet. In seinem Alter wird es schwer sein, nochmal eine Arbeit zu bekommen. Er muss sich damit abfinden, dass er den Rest seines Lebens zu Hause in seiner kleinen Wohnung verbringen muss. Da er 58 Jahre alt ist, erhält er erst mal Arbeitslosengeld. Es wird noch lange dauern, bis er seine Rente bekommt. Mit seinem Geld kommt er gerade über die Runden. Dabei hat er so viele Träume. Er bräuchte ein neues Auto. Sein altes gibt bald den Geist auf. Er möchte gerne mal in Urlaub fahren. Wohin weiß er noch nicht, aber einfach mal weg aus Heidelberg. Hier lebt er schon seit seiner Geburt.

Wo soll er heute noch eine Arbeit finden? Nicht nur seine Firma hat Insolvenz angemeldet, sondern auch andere. So hat er sich sein Leben nicht vorgestellt. Soll das jetzt alles gewesen sein? Wird er jetzt Gefangener seiner vier Wände? Nein, so will er nicht leben. Er sieht vielleicht alt aus, besonders da er schon graue Haare hat, aber innerlich ist er immer noch wie ein Kind geblieben. Er möchte etwas erleben, neues entdecken. Am liebsten wäre eine Weltreise. Da braucht er nur noch Geld und schon können seine Träume Wirklichkeit werden. Seine gute Laune von heute Morgen löst sich in Luft auf und alles wird wieder so melancholisch wie immer. Das muss sich mal ändern. Es muss doch im Leben erlaubt sein, Freude zu empfinden und glücklich zu sein.

Er denkt über diesen Artikel in der Zeitung nach und meint, er könnte sich doch heute mal diese Helden des Tages anschauen, die einen Bankräuber in Angesicht des Todes so mutig gegenüber standen und ihm nur einige Tausender aushändigten. Der Ort ist nur ein Katzensprung von seiner Wohnung in Heidelberg entfernt und er kennt die Bank gut. Er nimmt die wichtigen Sachen, die er braucht gleich mit und verlässt die Wohnung.

Da muss er erst diese Treppen hinunterlaufen, die ihn plagen, weil sein linkes Knie weh tut. Vielleicht sollte er mal damit zum Arzt gehen.

Ob es ein Meniskus ist der operiert werden muss? Er kennt schon so viele Menschen, die am Knie operiert wurden und dann wochenlang krankgeschrieben waren. Das konnte er sich früher nicht erlauben, weil er Angst um seinen Arbeitsplatz hatte. Da wollte er nicht zu lange krank zu Hause verbringen.

Aber jetzt muss er sich darüber nicht mehr den Kopf zerbrechen. Aber solange es noch geht, verschiebt er den Arztbesuch.

Verärgert schaut er vor der Haustür nach rechts und links. Dieses verdammte Auto. Wo habe ich es eigentlich gestern Abend geparkt? In meiner Straße gibt es Bewohnerausweise für Parkplätze, aber da findet man kaum einen leeren Platz wenn man ihn braucht. Mal überlegen. Die Gehirnzellen werden doch nicht schon Alzheimer oder Demenz Probleme bekommen? Er fühlt sich zwar noch wie ein Kind aber sein Körper will sich nicht irren lassen. Die vielen Jahre haben ihre Spur hinterlassen und sein Gedächtnis scheint auch immer mehr Urlaub zu brauchen. Wenn ich mich nicht irre, ist es um die Ecke nach links.

Na also. Dement ist er noch nicht. Er startet den alten Bock und fährt los. Unterwegs bewundert er, wie so oft, die Burg, oben auf dem Berg. Gerade läuft eine Gruppe Japaner vor seinem Auto über die Straße. „Die sind schon immer die Weltmeister der Photographie gewesen", denkt sich Thomas, als etliche vor seinem Auto stehen bleiben um einen guten Schuss vom Schloss zu bekommen. Das stört Thomas gar nicht. Er ist die vielen Ausländer in seiner Stadt gewöhnt, denn es scheint, als ob sich die ganze Welt in Heidelberg sehr wohl fühlt und als Treffpunkt ausgesucht hat. Da gibt es Italiener, Amerikaner, Engländer. Die ganze Palette. Aber keine Gruppe macht so viele Bilder wie die Japaner. Aber die kommen auch von so weit her. Diese Reise unternehmen sie sicher nur einmal. Da muss man zu Hause zeigen, wo man überall gewesen ist. Das macht die anderen Japaner dann neugierig und sie wollen es ihnen nachmachen.

Es ist so ein schöner Tag, denn wenn die Sonne scheint, bekommt man mehr Energie. Er ist sehr wetterfühlig. Schon fängt er an sein Lieblingslied zu singen und vergisst seine Melancholie von vornhin. Denn er macht schon wieder neue Pläne im Kopf und denkt wieder an seine schönen Träume. „Ich hab mein Herz in Heidelberg verloren..." Das hat er schon in der Schule gelernt.

In Edingen fährt er die Goethestraße entlang. Bestimmt hat Goethe hier mal übernachtet oder so was und deswegen haben sie eine Straße nach ihm benannt. Wer kennt den Goethe nicht? Das ist ein weltberühmter Mann. Der hat es zu was in seinem Leben gebracht. Und er wurde sehr alt. „Wenn ich genauso alt werde", denkt sich Thomas, „dann habe ich noch viele Jahre vor mir. Da würde es nicht schaden, wenn ich mehr Geld hätte um diese letzten Jahren noch so richtig zu genießen."

Endlich steht er vor der Bank und parkt nicht weit weg vom Eingang. Er geht langsam hinein. In der Bank sind keine Kunden. Nur die zwei „Helden des Tages" arbeiten wie gewöhnlich, als wäre gestern überhaupt nichts geschehen. Na schau mal her. Der dort ist sicher der intelligente Bankdirektor Herr Braun und da drüben ist der Angsthasse Herr Wacker.

Thomas setzt seine schwarze Mütze auf, zieht seinen Revolver und schreit, "Überfall! Aber dieses Mal will ich die Kohle im Safe auch haben. Morgen werde ich nicht in der Zeitung als ein dummer Bankräuber stehen und ihr nicht mehr als Helden. Diesmal wird alles perfekt ablaufen und ich werde derjenige sein, der darüber lachen kann."

Die ängstlichen Angestellten öffnen ohne Widerstand den Tresor. Thomas schaut verblüfft hinein. "Wo um Himmelswillen ist hier die halbe Million, von der in der Zeitung geschrieben wurde"? schimpft Tom. "Ich sehe hier kein Geld." In diesem Moment kommen zwei Polizisten aus ihrem Versteck und nehmen den überraschten Bankräuber fest. Das geht alles so schnell. Was ist passiert? Eine Falle? Jetzt ist er doch der dumme Bankräuber!

Alle meine Bücher

„We Are Human – Behavioral Comparisons to Lizards. Is life predestined or coincidental?
ISBN 978-3-8442-1780-3

"2 English Short Stories – Easy to read. New Crime Stories for all ages.
ISBN: 978-3-8442-1917-3

„Emotionen und Beziehungen – Unser Glück und Verderben"   ISBN: 978-3-8370-8943-1

„Was Singles wollen – Wie frei willst du sein?"
ISBN: 978-3-8391-1042-3

„Englisch für Kinder. Mit Spaß lernen. Mit Tieren lernen." www.epubli.de

„Gedichte fürs Herz – Wieso muss Liebe so weh tun?"   ISBN 978-3-8442-1231-0

„Gedanken und Ansichten einer Hausfrau Teil 1 – 1994-1996, Tagebuch"
ISBN 978-3-8442-1259-4

„10 Krimi Kurzgeschichten fürs Bett – Ohne Krimi geh' ich nie ins Bett"
ISBN: 978-3-8423-7983-1

„Wer kennt das nicht – Lustige Alltagsgeschichten – oder – Denken ist Glückssache"
ISBN: 978-3-8442-1260-0

www.buchangebot.jimdo.com